詩集

図工室のリリアン

野木ともみ

砂子屋書房

＊目次

のがれられない任務

おとぎの風景

地味な動画

時代遅れノート

未　来

附　短篇小説

装本・倉本　修
挿画・JINSY

詩集

図工室のリリアン

のがれられない任務

コンクリートハツリ工事

長い手足と華奢な首
朝顔のツルのような兄さんが
つり鐘をすっぽりかぶって
そこら中を揺るがし
コンクリートを飛び散らす

固まった過去
自分じゃやめられない

知らせが来るまで
ハッってハッってハツりまくる

電動ハンマーに巻き付くツルは
ずいぶん長く震えていた

ミミファソ　ソファァミレ　ドドレミ　ミレレ
兄さんがいそいでポケットに手を突っ込む

もっすもーす

兄さんは嬉しそうに電動ハンマーを置くと
スマホを耳にあてて歩いて行った

バネ指

指：開始時間が守れない
　終了時間に終われない
　休みが少なすぎる
　労働がきつすぎる
　やめてほしいがわたしは口がきけない

人：アンタのことは生まれた時から知っている
　いい歳になったがよくやっている

まだまだやれる
これからもやれる
アンタにやめられたら私は困る

指：あっ　体が勝手に動きだした
バネみたいだ
もう言われるとおりに動けない
オーナーはわたしのことを何もわかっていなかった

人：あっ　指が勝手に動き出した
バネみたいだ
もう私の言うとおりに動かない
私はアンタのことを何もわかっていなかった

牛と童

いかめしい顔をしたざんばら髪の男が
牛童と牛車の前を歩いていく
牛童は自分の十倍はありそうな黒い牛を引き
牛は牛の五倍はありそうな車を引いている
牛車の後ろにはもう一頭の黒い大きな牛と
別のざんばら髪の男がついて歩いている

大事なおつとめだ

オマエも鼻に赤い縄をつけられて厄介だろうけど
お社まで車を引いておくれな
歩けなくなったら
後ろからついていくオマエの相棒が代わるから
牛童は牛の鼻にゆわえた縄を握ったまま小声で言った

牛車は花や若葉でかざられ
道中たくさんの人が立ち止まって見送った

ざんばら髪の男たちは四方に目を光らせ
遮るものには立ち向かい
道をふさぐ死骸や汚物があればとりのけた
お社まで半分ぐらいきたところで一行は突然止まった

振り返ったざんばら髪の男の顔をみて牛童は頷いた
男は後ろの男に交代の合図をおくった
牛車の後についていた黒い牛に道端の人々の目がいっせいに集まった

相棒の黒い牛はじっとしたまま身動きせず
臀部から勢いよく尿を放出した

黄色く泡立った大量の液体は
長い間音を立てて干からびた地面に落ち続け
沿道の観衆のほうへ流れて行った

訃報

葬儀はカトリックの教会で
権威ある肩書きの芸術家
彼女の死を主要メディアがこぞって報じた

これからは
私が記憶することになる

彼女の人生にまぎれもなくいたその人を
彼女の手がけた芸術のどこにも登場しないその人を
彼女のために自分の人生をなげうったその人を

伴奏者

知らなければ気づかない
小さな音楽ホール

ライトを浴びた
やさしい素人たちが
音符を傷つけ
メロディをひきちぎり
無残な隙間をつくる

音楽もやさしい人も
両方ぶちこわしちゃいけない

曲が終わるまで
即興の緩衝材を
ひっきりなしにほうりこみ
何だかわからない気持ちよさに仕上げ
何だかわからない気持ちよさに紛れる

消毒液

建物の入り口に
消毒液が入ったプッシュ式ボトル

手指の消毒
手をこすって、 先に進む

エレベーターの前に
消毒液のボトル

手指の消毒
手をこすって、エレベーターにのる
五階の部屋の前に
あのボトル
手指の消毒
手をこすって、暗証番号を入力する
整列するパソコンの横に
例のボトル
手指の消毒

手をこすって、キーボードをたたく
消毒液の分厚い包帯に
隔てられる手指

図工室のリリアン

体育館のとなりの物置部屋
透明のビニール袋に
何色もの毛糸玉と一緒にいるようだが
リリアンの姿はない

週に三回
午後
図工室に行くと

ときどき会える

放課後教室の子どもたちが
プラスチック胴体の
頭の出っ張りに
毛糸を巻き付けていくと
リリアンが少しずつ現れる

水色だったり赤だったり
緑と黄色の模様だったり

運がいいと
きれいな輪になって
生んでくれた子供の

かわいい手首に
くっつくことができる

運が悪いと
だらしなくちぎれた紐になって
傷だらけの木机に放置
解体され
すり減った毛糸に戻る

図工室のリリアンには二つの運しかない

おとぎの風景

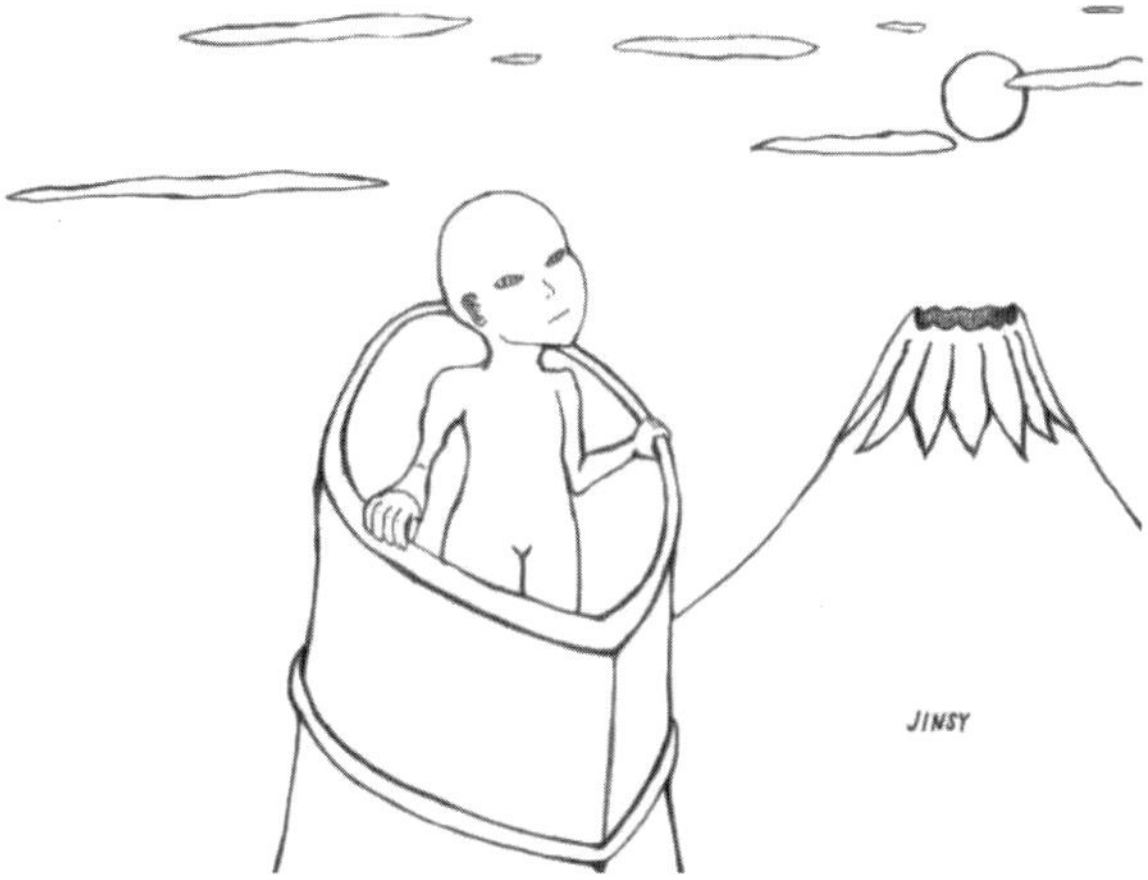

茶利子《ちゃりこ》の夢

水中の暗い世界を動き回る
上がったり下がったり回転したり
上のほうはぼんやりと明るい
明るいところはどんなところだろう
突然あらわれる
見慣れないごちそう

食らいつくと
猛スピードで体が上がっていく

明るいほうへ

バケツの中
あちこち体をぶつけ
まぶしくてたまらない

なんだ、チャリコか
かわいい
周波数の低い音と高い音
明るい世界

人

男でも女でもないと思っている男っぽい人が
ひとりでロボットを作っている
自分とそっくりのロボットがいたら
自分がわかると思っている

そこへ
女でも男でもないと思っている女っぽい人が
やってきてうったえる

私を見て
私を見ればあなたはあなたのことがわかるでしょ

男っぽい人は口以外動かさずに言う
あなたは必要ない

すごすごと帰る途中
女っぽい人はあきらめる
さっき会ったのは
男っぽい人のロボットにちがいない
それじゃ私は必要ない

女っぽい人が去って
はるか遠くから

薄墨のような後悔が近づいてくる
男っぽい人はつぶやく
あの人が必要なのに

小学校の一本桜

何十日かぶりの雲一つない青空

年がら年中
校庭の真ん中にいるが
一年に一度のこの季節

話しかけられ
一緒に撮られ

ボディタッチされ

大勢小さいものたちが
私のまわりを
うじゃうじゃ群がり蠢く

一年に一度のこの季節
私は見る
小さいものたちの夢幻を

突風

港を離れる船が
多くの人に見つめられ
水平線のほうへまっすぐ進んでいき
やがて見えなくなる

どこかへ向かう列車が
ホームにいる人々を残し
行く手に伸びる線路をすべっていき

やがて見えなくなる

去っていく老詩人が
何人かの村人に見送られ
村の外につながるいなか道を歩いていき
やがてその後ろ姿は見えなくなるだろう

村はずれに近づき
まばらになった家々を通り過ぎると
老詩人はやさしくしてくれた若者に会いたくなる
突然吹いてきた風にあおられ
老詩人は若者の家へと続く細い横道に素早く入る

老詩人が道の先で見えなくなるまで
見送るつもりだった村人たちは
顔を見合わせ
笑いながら散っていく

希望

目を開けたら
見渡す限り
フルカラーがグレースケールに
変わっている

グレーが
体の隅々まできれいに染め
もう少しで
コンクリートになるとき

だれかが
グリーンの目薬を
くれる

グリーンが
体の隅々まできれいに染まらず
コンクリートになる寸前

固まりかけた体のひびに
ちゃっかり忍びこむグリーン
緑の葉が窮屈そうにつぶやく
ふうっ　どうにか間に合った

小数点以下

タッチパネル
1から100までの番号に触れると
人の映像が出てくる

61：無理して笑う初老の人

5：前歯が抜けたあどけない子ども

47：スーツを着たきつい目つきの大人
84：額に太線のしわがある老人
20：くっきりした顔立ちの元気そうな若者
0：誰も出てこない

どの番号も
触れると
一瞬
小数点以下の数字が
限りなく現れては
消える

束ねた金色の髪

昨日まで
束ねた長い金色の髪は
肩のところで快活に揺れていた

昨日まで
特に話したくないことも
特に言いたくないことばも
レバーを押すだけで

勢いよく出せていた

今日
束ねた長い金色の髪に
話したいことを話すときが
ついにやってくる

ところが
レバーをなぐっても
つかんでゆすっても
出てくれとたのんでも
何も出てこない

束ねた長い金色の髪は

肩にもたれて休み

ふいに
ひとはねすると
別のレバーを探しに
違う国へ向かった

翡翠の剣

目の前に
巨大な翡翠の剣が
先端を空に向けて高くそびえている

その下に
多くの人にまじって私がいる

どうしてだかこの先に行かなければならないと

他の人も私も思っている
どうしてだかこの巨大な剣を登ることを
他の人も私も疑わない

遠くから見たときは
すべって登れないような気がしたが
どうしてだかすべりもせず登っていける
他の人もあちこちで登っている

地がかすんで見えなくなるほど登ったが
どうしてだかこわくない

剣の先端にはすでに誰かいるようだ

先端にたどりつくと
多くの人にまじって私がいる

いつのまにかまた

目の前に
巨大な翡翠の剣が
先端を空に向けて高くそびえている

硝子体の中

子どもはまた目が覚める
いつものように
おじさんが涙をあふれさせまいと
ていねいに気をつけて
たどたどしくまばたきをしている
おじさんのまつげとふくらんだ涙が擦れて
悲痛なメロディになるから
どうしても眠りから覚めてしまう

いつからか子どもは
おじさんの眼球の硝子体の中にいる
おじさんが眼に涙をためていると
硝子体の中は外光がやわらいでほどよい明るさだが
じきにあたりは真っ暗になる
いっぱいになった涙をもちこたえられず
おじさんは瞼を閉じてしまうからだ
真っ暗な中で
子どももこわい出来事を思い出す

かつて子どもは外にいておじさんといっしょに笑っていた
あるとき
体が熱くなって息が苦しくなって倒れた

まわりの人も倒れていた
気がついたら
おじさんの眼の中にいた

あ、おじさんの瞼が開いたようだ
涙はかなり落ちてしまったのか
さっきより光が射しこんでまぶしい
おじさんが静かにまばたきをすると
またまつ毛と涙が擦れる
涙の量が少なくなって
ここちよい悲哀にトーンダウンしたメロディ
子どもはハミングしながらうとうとし始める

地味な動画

無人駅

改札を出ると
橙色のコスモスが一面
茫々と咲いて
ふうわりと風に揺れている

人々が互いを知らぬまま
ただ楽しく思い思いに
少しだけ心を合わせて

歌ったり合奏したりする
見るたびそんな風に想う

梅雨の晴れ間

窓の外側
少し突き出た狭い場所に
薄茶色のスズメが背を向けてとまっている
窓の内側
子どもがふたり
音を立てないように窓を開ける

一人が伸ばしたり引っ込めたりしながら
人差し指を近づける

スズメの後頭部から背中
少しのあたたかさ
羽根の涼しいやわらかさ

二本の人差し指が代わり番こに現れる
スズメは首を小刻みに揺らしているだけで
指から逃げようとしない

あー、うんち
スズメの足元に白いかたまりが見える

ふたりは笑いながら窓を閉めて行ってしまった
スズメは首を小刻みに揺らしているだけで
緑を前にしていつまでもとまっている
そこにいなければならない
切羽詰まった何かのために

真夏の点

何もない丘への道を
人が歩いていく

白のワイシャツ
灰色のズボン
黒のカバン

地面だけをにらみ

坂道を競歩のように上っていく
その後ろ姿はみるみる小さくなる
体温より高いアスファルト
無彩色の点は
一本の直線上をぐんぐん移動して
消滅する

突然死

がっしりしたケースを開くと
ぴんと張っているはずの楽器の弦が
ひとつ、切れて丸まっている

他の弦は平行に整列したまま

どこかで
そのときがいつか知らされずに

断頭台の刃が落ちる

ちぎれた弦の居場所に
新しいのは体を光らせ
くすんだ仲間たちと
まっすぐ並ぶ

螺旋階段

真冬の空高く繁る街路樹
若々しいビルやモダンな家
消えそこねた老齢のお屋敷の
重い扉を開けようとしたとき
警備員が思い切り笛を吹くような声
誰かが駆け寄って私を抱きしめる

待っていた、きっと来てくれると思っていた
私の冷たい両手を強く握って離さない
私は手をひかれて扉の中に入り
壁際の螺旋階段を上っていく
長い階段を上りながら
行き着く場所にいるその人の娘を想っている

市民マラソン

道を歩いていたら
背中に夥しい足音が一丸となって迫ってきた
思わず道端に立ち止まり
走り過ぎる大勢の人間を見送る
足音と後姿は瞬く間に遠ざかり
道の向こうにすいすいと消えていった

砂煙をあげて
荒地をいっせいに駆け抜ける野生動物の群
みんな向かう所があるらしい

黄色い傘

雲が広がる蒸し暑い昼下がり
マンションの最上階の窓から外を見る
住人らしき小学生がひとり
学校から帰ってきてエントランスに近づく
黄色い傘をさしている
小雨が降っているよう

窓から目をはずしかけた
視野の片隅で黒い何かがすばやく動く
黒い手が小学生の口をふさぎ
子どもは傘を落として黒い手にしがみつく

あっ
必死の抵抗
小学生の口から黒い手が引き下ろされ
たすけて　だれか
黒いレインコートの男は動揺したのか

あっけなく走り去り
小学生は開いたままの傘を激しく揺らしながら
エントランスに向かって走る

小雨が降り続く翌朝
マンションの最上階の窓から外を見る

集団登校する児童たち
黄色い傘の陽気な行進

あの小学生の傘は
もう見分けがつかない

真夏の炎天下

エアコンの室外機から
ベランダの溝をつたって排水口へ
汚れた水が這いすすむ

ちゅちゅっ
小さいものが排水口の前に投げ出され
動かなくなる

オラーイオラーイオラーイ
声高な掛け声がして
コンクリートミキサーと
ショベルカーがそこらを占拠する

ベランダの外で
長袖ジップアップとニッカポッカとヘルメットが
談笑している

目と耳が勝手に動画撮影する
そして、いつか不意に自動再生して
心臓を突き刺す

スーパーミツモト

狭い店内
生活必需品しかない
高級な物、流行の物、目新しい物はない
品物の配置換えはしない
たまに大特売
たまに安室奈美恵の「ヒーロー」

十一月の夕刻
遠くに出かけた
帰りの満員電車で
ドアに体を押し付けられ
否応なしに
顔を外に向けていた

知らない駅をいくつも通過し

陽の落ちた濃紺の空
ふいに
山吹色のミツモトのロゴが
くっきりと光を放って目の前を通り過ぎる

時代遅れノート

消音

冬の空
何年も見慣れたグレー
手紙の青インク
何年も乾き続けたブルー
寒色の消音

マス目いっぱいに書かれた
万年筆の太い文字
低く静かな声が聞こえてくる

ワルツ

眠気を誘うような単調なわたし
多くの人が素通りしていくが
いつか誰かに弾かれ
誰かに踊ってもらうのを
心待ちにしている

ある日、男の先生が女の人の前で
わたしを思う存分引き延ばしたり縮めたりして

わたしはしたことのない恰好をさせられ
今まで覚えたことのない幸せにつつまれる

男の先生がわたしの秘密をバラすと
女の人は目を伏せ頬を赤らめる
わたしは先生を女の人にとられまいと
自分からありとあらゆる動きをする

わたしは先生の情愛に身をまかせ
女の人はわたしの手をとって絹のように舞う

そんなときを待っている

幻の詩集

金曜日の夜七時
三十代半ばのインテリ青年が
地下の音楽喫茶に現れて
バターとジャムつきのトーストセットを注文する

煙草を吸い
コーヒーを飲み
白く細い指でトーストをつまみ

片手で額を覆うように
眼鏡を押し上げる

高めの声はいつも落ち着いていて
彼の周りに集まる若者たちの間で
たまに面白そうに
うつむき加減でククと笑う
前歯がない

一筋縄ではいかない中高生を見捨てられず
毎夜おそくまで塾に残り
病死した青年

四十年後

ネットオークションに表示された百円の書籍
残されていた幻の詩集

別れ

線路をはさんで向かいのホームの斜め前
その人が立っている

思い切って顔を見ると
その人の視線は私の顔より上にある
完全無視の誘導
わたしもその人の頭上に目を移す

向かいのホームの屋根に
ふわっと乗った桜雲
白く小さなきれはしが
いくつも風に流され
精一杯
時間稼ぎをしながら
地をめがけ
降りてくる

蟬

夏の息詰まる夜明け

無数の羽音が耳になだれこみ
全身が鳴き叫ぶ
不確かに保存された画像
切れ切れの記憶だけだと

夏の息詰まる夜明け

仲間が一声あげたら
全身で鳴き叫ぶ
力の限り羽を擦り
決死の覚悟で生き尽くすと

高原の女王

長い黒髪を真ん中で分け
白い顔に小さな目

アノは
黒い種のような目を伏せ
種から伸びた指で
ピアノを弾く

種は
高原を出て
都会に出て
ヨーロッパの国々をまわって
ピアノを弾き
成人女性になって
戻ってきた

歳をとった父はアノを誇りに思っている

今では
父のために弾くときだけ
アノは種から指を出し
高原の女王になる

地区センター

沿道より少し距離をおいて
地区センターがある
大きな窓は白いカーテンで塞がれ
入っておいでの声はあまりに小さい

右手に図書室
左手に受付
奥の衝立の向こうで

誰かがひっそり囲碁をしている

図書室のカードを作ってもらうと
受付の人が私の頭にやさしく釘を打つ
「手に取った本は全て受付にお持ちください」

ウィルスへの警告が図書室の自習机に張られ
人の姿はない

本の数も少ないし読みたい本に出逢うことはないだろう
だから本に触れることはないだろう
釘を打たれた感触を気にしつつ
図書室をひとめぐり

奥の本棚を通り過ぎ
あの大きな窓に出くわしたとき
白いカーテンの思わぬ明るさが
心臓の一拍を制止する

ひとりの学生が机に本やノートを広げ
一心に書き込んでいる

瞬時に再開した拍動に追い立てられ
いることを確信する

窓の光がわずかしか届かない棚
『片想い百人一首』を手に取ると
打たれた釘がすうっと頭に入っていった

未来

四月の陽光

窓側の席にT
隣に私
後ろに一つ後輩のF

Tに声をかける
だいじょうぶ
後ろからFの声が続く
僕もいるから

Tはうつむいたまま何度かうなずく

先生が教室に入ってきて
学生たちの話し声が小さくなる
先生は黙って近づいてきて
Tの前に立つ

私は座ったまま先生を思い切り強くにらむ
Tを守る
そのために私とFはいる
先生の好き勝手にはさせない

Tが立ち上がる

大きな窓から差し込む陽光が
先生によってわずかに遮られたのを
彼は数%の視野で感じた
Tの切れ長の目の中の眼球は
彫刻のように動かない

彼は遠慮がちな声で
先生に向かって丁寧にあいさつする

憧れ

彼は十六年で大人になる
ニシオンデンザメは百五十年かけて大人になる
明日、入隊する彼は
ニシオンデンザメを知らない
彼はニシオンデンザメを知りたいと思わない

音声授業

音声授業の受講生はただひとり
その女子学生は
たいてい三〇分以上教授を待つ

週一の女子大出講
本務校と違って
教授はつい大幅に遅刻してしまう

申し訳ないという
昔ながらの手ぶりで教授が入ってくる

紙に印刷された音声記号
教授は順番に示して発声し
続いて女子学生も真似て発声する

ＩＰＡの音声をすべて実現できる教授は
その発音ができるまでやめさせない

二人には広すぎる教室に
動物のような
狂人のような
奇怪な音声が

終業のベルが鳴るまで響き渡る
「私は喉から血が出るまでやった」
教授の言葉に興味はなかった
ただ
誰もいないところでひとり
順番にＩＰＡを発声する
奇妙な行為を
彼女はやめられない

微炭酸

男：かなしそうだね、どうしたの
女：彼がもうすぐ帰国しちゃう
男：そっか、ざんねん

女：いそがしそうだね、どうしたの
男：バイトのシフト詰められた
女：そっか、おつかれ

男：ねむそうだね、どうしたの
女：一晩中眠れなかった
男：そっか、おやすみ

女：うれしそうだね、どうしたの
男：今日、午後から女の子になるんだ
女：そっか、たのしみ

婦人の後ろ姿

肩の高さまで
植物が一面にしげっている
ひとり取り残された婦人
その後ろ姿に西日が当たっている
汚れたロングスカートを
ひるがえしながら

婦人の腕は
植物を力強くかきわけて
前進する

どこへ向かっているのか
何をさがしているのか
植物の壁から脱出しようとしているのか

たゆみなく動き続ける
肩甲骨のブルドーザー
落ちていく陽が照らしている

声

モニターに人が映る
厚みのない顔を見て
スピーカーの声を聞き
やや遅れて頷き
発声する
モニターに手をふり
受話器のマークに指を動かし

人が消える

モニターに話しかけていた自分は消えない

どの人もマスクで鼻と口をおおい
布や紙で声が屈折する

人のいないところで
マスクをとり
空に向かって叫ぶ
小声で

なすがままの
自分の声を聴く

附　短篇小説

水の子

八月一四日、夫妻はもうすぐ二歳になる男の子を連れて夫の実家に帰省するところだった。

冬は積雪で知られる本州の西側の中核市まで特急に乗り、そこからレンタカーで半島へ向かう。途中で何度も休憩する。飛ばしていけば三時間はかからないだろうが、幼い子のために何かと休憩するので、いつしか陽も傾いてきた。

二車線の道路が一車線になり、両側に山が迫るかと思えば、急に田畑と集落が現れたり、時には海岸沿いの道になったりする。再び両側が山と森林になると、妻がふいに「この道、夜は真っ暗ね。街灯がないし、家もないし、怖そう」と言った。

夫は運転しながら「ああ、そういえばそうだね」と答えた。彼には通り慣れた道だった。

やがて道路沿いに大きな切り妻屋根の古い木造家屋が見えてきた。夫はその家の前で車を停めた。二階は真壁造りで、白壁に縦と横の黒い柱が模様のようにはめ込まれていた。道路に面して間口は四つの大きなガラスをはめ込んだ引き戸になっていたが、すべて固く閉じられ、白いカーテンで中が見えなかった。彼の祖父母が生きていたころ、よろず屋のような店を開いていたが、もう今はやっていない。たまに車両がスピードをあげて道路を通ると、ガラスの引き戸はガタガタッと大げさに振動し、そのたびに乾いた土が舞い上がって堆積した。向かって左側には白壁の蔵が続いていた。

彼は玄関の格子の引き戸を開けた。

一歩足を踏み入れると、そこは広い土間で視線の先は墨でぼかしたように暗かった。開かれた引き戸の空間から、夕暮れの寂しい日が差し込み、親子三人の周辺を映し出していた。

左側は蔵の入り口で、右側は一段高い畳敷きになっていた。そこに、この地方の伝統工芸の衝立と細長い薄茶色の土器が置いてあった。土器は高さが一メートルほどもあって波や渦巻きの模様が刻まれており、この近くにあるM遺跡の縄文式土器に似ていた。

「ただいま」

夫は声をかけて土間を歩いていった。返事はなかった。

妻も眠りこんだ子供を抱いて夫のあとに続いた。

「近所に行ってるんだろう」

彼は靴を脱ぐと荷物を置いて部屋に上がった。

「あ、囲炉裏がある。」

妻は思わず声をあげて、子供をそっと畳に寝かせた。子供は呼び戻せないのではないかと思うほど遠くまで眠りの世界に行っていた。

「今は使ってないよ。」

彼女は囲炉裏に顔を近づけて覗き込み、指を伸ばして波打つ砂のような灰色の粒子を触って確かめた。和室続きの家が珍しいのか、広く長い縁側の廊下や欄間、神棚などを驚きと不安の入り混じった表情で見つめていた。

縁側から見えるのは草の原で、その後ろは土手になっており、川が流れていた。川の向こうに一面の田圃が広がり、数件の家が点在し、ゆるやかな稜線が視界の端から端まで伸びていた。

彼は小さいときに何回か父親に連れられて、この家の祖父母に会いに来たことがあった。その祖父母も亡くなり、長い間空き家になっていた。が、昨年、彼の両親が中核市の街中からこの家に移り住んだため、都心に住む彼らの帰省先も今年からここになった。

しばらくして、買い物に行っていた（ここから最も近い商業施設は車で30分かかる）らしい両親が帰ってきた。老夫婦は、午後三時ごろ、息子夫婦と孫が着くと思っていたが、なかなか来ないので先に買い物に行ったのだった。

二間いっぱいに掃き出し窓が開け放され、屋内は日暮の外の薄明るさと連続していた。座卓を囲んで、老夫婦と息子夫婦が、寝起きの幼子にかわるがわる話しかけた。子供は重そうなまぶたで、妻に抱かれてあちこちを見回していたが、突然、「あ」とも「お」ともつかない音声を発して、外を指さした。

すると、上空を旋回していた大きな鳥がかなりのスピードで遠くの田圃に舞い降りてきた。

その鳥の姿は、鮮やかさを失った夕暮れの色彩の中でひときわ黒く映った。

妻は思わず真顔で聞いた。

「あんな大きな鳥がいるんですね」

「とんびですよ」と老父は笑いながら答えた。

「あれがとんび？　ずいぶん大きいんですね。初めて見ました」

「ここのは大きいから。赤ん坊とか小さい子もつつく」

妻は、反射的に子供の頭を手で押さえた。

日暮が迫ってきた。

妻は老母に呼ばれて土間へ行った。

「これをお墓にあげてきて」

水平に置かれた里芋の葉の上に、生のナスやキュウリを細かく切ったものがばらまかれ、洗って少し白くなった多くの米粒が混じっていた。

「えっ、今からお墓にこれを？」

おそらく彼女はこんな時間にしかもこんなものをと思ったのだろう。

「餓鬼が食べる」

老母はつぶやくように言うと、夕食の支度を始めた。

妻は土間に立ったまま、掌の供え物を見ていたが、やがて、観念してこぼさないようにしながら、水を入れたやかんを腕に通し、外へ出て行った。

墓は裏山にあった。疎らに建つ民家の間を通り、裏山へ続く細い道を上って行った所に墓がある。この辺の集落の家はそれぞれの所有地の中に墓をもっている。

サンダルで歩くにはあまりにもごつごつした山道だった。彼女は何度も足をひねったり、つまずいたりしながら足元と手元だけに集中して歩き続けた。十分ほど上り、急に明るさを感じて立ち止まると、左右に畑が開け、前方のブナの群生の間に墓が一基、武士のように座っていた。

ああ、あそこだと気が緩み、何気なく辺りを見回した。誰もいなかった。

虫の声とやや強くなってきた風と枝葉の擦れ合う音が断続的に響いていた。

日没前の小高い山の中腹に、裸足にサンダル、両手に「水の子」をもって佇む自分の姿、
彼女は遠く離れた所から、その点のような自分の姿をありありと見ているような気がした。

日が没する前に墓に供えなければと思った。

地面から突き出た石や木の根を注意深く踏み、彼女は墓に近づいて行った。見上げるとブナの木の葉がほとんど空を覆っていた。

墓の周りは草や石ころなどを払ってあったが、雑然としており、墓石はところどころ黒ずみ、苔がかなり付着していた。

「水の子」を運ぶことに気をとられ、墓をきれいにすることを忘れていた。

墓石に落ちた小さな実や細い枝、葉、土などを取り除け、やかんの水をかけて、簡単

に掃除した。

日が沈もうとしていた。

葉の縁を両手で水平に持ち上げ、「水の子」を墓に供え、掌を合わせて拝んだ。

目を開けた瞬間、「餓鬼が食べる」という言葉が浮かんだ。


すっかり夕闇が迫り、ありとあらゆるものの輪郭が消えかけている。

空になったやかんをぶら下げて山を下りていくとき、彼女は一度裏山を振り返った。

あの武士が彼女を見ていた。

ついさっき、ひとりで「水の子」を運び、墓に供えたこと、その短い稀有な時間のことを誰かに伝えたくてたまらなくなった。しかし、家に着く頃には、誰にも言わず、自分だけの記憶にしておきたいという気持ちに変わった。

「墓、怖かったんじゃない?」

土間に入ってきた妻を気遣って夫は声をかけた。彼女の育ちや性格を考えると、この家と墓のことは何もかも初めてで、ショックを受けているのではないかと思った。

「うん、怖かったよ」

妻は短く答えた。彼はほっとした。

夕食も終わり夜も更けてきた。子供は夕食前にお風呂に入れ、早いうちに歯も磨かせたので、いつ寝かせてもいい状態になっていた。彼は妻に風呂に入って子供と休むように言った。先に入浴することをためらう妻に、彼は両親と話があるから、そのほうがいいと言った。

子供を夫に預けて、彼女は着替えをもち、浴室の引き戸の前に立った。浴室の前は土間で、彼女はサンダルをはいたまま、脱衣室がないことに気が付いた。

奥の部屋で夫と両親と子供の話し声や笑い声がしていた。

浴室は電気をつけなければならないが、土間の裸電球はつけないでおいた。

彼女は着ているものを脱いで籠に入れ、そばにある棚に置くと、あわただしく入浴を済ませた。誰の目も気にする必要はないのだが、彼女は出てすぐ浴室の電気を消したため、一瞬、あたりは暗くなった。先ほどと同じように、夫と両親の話し声が聞こえ、その方向から電気の明かりがぼんやり漏れているだけだった。

目が暗さになれてくるのに少し時間がかかり、着替えを入れた籠も土間に置いたサンダルもすぐ見つけることができなかった。土間の暗がりの中で、彼女は裸のまま裸足でしばらく立っていた。

そのとき、土間の向こうから彼女に向かってひんやりとした風がふき、彼女の両足の間を吹き抜けていった。彼女はその心地よい涼しさにびくっとした。風は、野原に面した窓や裏口の隙間から、彼女の立っている土間を通り、蔵と薄茶色の土器の間を吹き抜け、玄関の引き戸から外へ出ていくようだった。と思うと、今度は逆に、風は格子の引き戸の隙間から入ってきて、蔵や土器のあたりをとんびのように旋回して、土間に立つ彼女の股の間を吹き抜け、窓や裏口の隙間から野原へ、川へ、山へと抜けていくような気がした。


「お風呂、終わった?」

夫の声が遠くから聞こえた。

「はあい。今、出ました」

彼女は大声で返事をした。じきに着替えを探り当てて服を着ると、足を拭いて部屋へ戻っていった。

ブライアン・フェレル

十一月中旬の昼下がり、響子はキャンパスのコンビニを出たところで、友人の理枝と顔を合わせた。

「おはよー、あ、そうや、いきなりやけど明日の午前中、空いてる？」

「明日？　空いてるけど、何なん？」

響子は何かを予感しながら、用心深く答えた。

「明日の二限やけど、日本語ボランティア、代わってくれへん？」

「なんで？　留学生と英語で話せる言うてたやん、用事あるん？」

「てか、先週行ったら、先生に、日本語で話してください、標準語でって言われてん。やっぱ朝、起きるのも辛いし、前、響ちゃんも行く言うてたやん。代わってくれたら助かるんやけど、ムリ？」

十月に大学の秋学期が始まって早々、学内の留学生の日本語の授業で、ボランティアの募集があり、理枝だけでなく多くの学生が応募していた。響子も知っていたが、どうしようかと思っているうちに締め切りになってしまった。

文字通り、手助けするのは日本語だが、たいていの日本人学生は、欧米の留学生が多いクラスを希望する。日本語を教えるボランティアは、彼らと接触して英語でやりとりするチャンスと捉えているのだ。

教員はそのことがわかっているので、事前に「日本語」を強調しておくが、実際はそれほど厳しくしているわけではない。ある程度英語で補うほうが理解しやすいからだ。

ただ、理枝が英語をブラッシュアップする時間と勝手に思い込んで、勝手に失望しただけだった。響子は断る理由もなかったので、理枝の代わりに十二月の第三週まで計五回、木曜日の二限に初中級クラスの日本語ボランティアをすることになった。

翌日、二限が始まる十時四十五分に理枝から教えられた教室を訪ねた。

理枝の代わりに来たことを教員に告げると、ボランティアをする上での注意を説明され、なるべく日本語で話すように言われた。

留学生は十人で九人の日本人学生が来ていて、留学生と日本人学生が交互に席についていた。

教員に簡単に自己紹介するように言われ、響子は緊張しながら名前と学部の専門と趣味などを早口で言った。彼女以外の学生はすでに先週紹介しているらしく、省略された。

担当教員や日本語のレベルによって授業の進め方は異なると聞いていたが、響子は、このクラスの教員が一文一文短く区切り、ゆっくり言葉を選びながら話していることに気付いた。初中級クラスなのだから、こういう話し方をしなければ留学生はよく理解できないのだろう。また、平易な語彙が多く、やむなく難しい語彙を使う場合、教員は言い換えたり、実演したり、何役もこなして芝居をしたりした。それを見て、響子はさっきの自己紹介は留学生にはわかりにくかったかもしれないと思った。

いくつかの表現や語彙、文法などを確認した後、留学生と日本人学生がペアになってパターン通りにロールプレイをする。

響子も一人の留学生とペアになった。

互いに胸につけた名前のプレートを読み合って、ほほ笑んだ。金髪を腰まで長くしたフィンランドの女子学生だった。本当に青緑の目だと思って響子は胸が高鳴った。

さっそく、練習シートを見ながら、ロールプレイをする。

会話はすべて標準語をもとに作られているので、響子はよそゆきの言葉で演技をした。

初めはシートを読むことに気をとられていたが、見て回る教員の注意で、互いに顔を見て言うようにした。そして、パターンを応用して自分たちで適宜変えて会話を練習した。ペアも何回かシャッフルされ、アメリカの快活な男子学生、中国の年長に見える落ち着いた男子学生、香港のおしゃれな女子学生などとペアを組んだ。

その後は留学生と日本人学生を交えてグループを作り、四つのグループに分かれて、互いに質問したり、トピックを与えられてそれについて意見を述べたりした。留学生は知っている限りの日本語を探り当てながら、積極的に話し、日本語で言えない場合は早口で英語を話した。そういうとき、日本人学生は待っていたように一段と熱心に耳を傾け、頷いたり、英語で応じたりした。

初回は緊張したが、二回目からは授業の流れや自分のすることがわかり、響子も余裕をもって参加できるようになった。

彼女はこの機会を譲ってくれた理枝に感謝した。日本語ボランティアに行くのが少し楽しみになっていた。言語の違う人と話して、わずかでも理解し合えたんじゃないかと思う喜びは今までほとんど経験したことがなかった。また、真剣に考えたことのなかった自分の国の言語、月並みだが文化や習慣や歴史、伝統といったものについても考えるようになった。

しかし、彼女を引き付けたのはそれだけではなかった。

響子はアイルランドの大学から来た一人の留学生に関心を抱くようになっていた。

彼はブライアン・フェレルという交換留学生だった。

外国人の男性にしてはそれほど背が高くなく、焦げ茶色の髪の下の広い額とやや細い眼が印象的だった。

彼と初めてペアになって向かい合ったとき、目つきが怖いと思ったが、それは一瞬で、すぐにやわらかい眼差しになった。間近で見る彼の髪はきれいに整えられ、意志的に横へ流されていて、額に少しも髪がかかっていなかった。シンプルで落ち着いた色の服装も、彼の髪型、額、目を際立たせていた。

響子はこのクラスのほぼ全員とペアを組んでいたが、彼の理解力や表現力はクラスの上位だと容易に想像できた。日本語を話すときも、彼らの母国語によくある強勢アクセントが目立たず、文意にあったポーズ（休止）を入れている。発話だけに気をとられず、かなり内容を意識して話していることがわかる。

彼との会話練習は早く終わってしまい、他のペアが終わるまで、間が持てず、響子はついお決まりの質問をした。

「どうして京都にきたんですか」

「日本の伝統や文化がある」「古いお寺や神社がたくさん残っている」「京都はとてもき

れい」

留学生の答えはたいてい似通っている。同じようなことを彼も言った。

「京都は古い建物があります。私は古い町が好きです。私の町も古いし、あまり大きくないから、自転車でいろいろな所に行く。私の町の人もよく自転車に乗ります」

彼は何かを回想して、彼自身に向かって語るように感じられた。

「あなたは他の国へ行きましたか」

「外国はまだどこも、あ、でも旅行は好きです。これからいろいろな所へ行きたいです」

「私も旅行が好きですから、よく行きます。」

響子がまた尋ねようとしたところで、教員の声がした。次のグループディスカッションに移る指示だった。彼の理解できる語彙はと思うと、こちらも話を広げるのに躊躇してしまい、結局、教科書の例文のような味気ない会話になっていた。

しかし、彼の目は面白そうに笑っていて、むしろこのあまりにもぎこちない会話を楽しんでいるように見えた。響子は、彼ならいくらでも話す内容がありそうなのに、引き出す力のない自分が情けなく、もどかしかった。他の留学生に対してはそういう気持ちにはならず、練習相手の役割を果たしているというやりがいを感じられた。

響子は彼とのペア練習や、後半のディスカッションで同じグループになることを期待するようになり、次は気の利いた会話にしようと思っていたが、そうした機会はなかなか実現しなかった。

留学生の日本語の授業は毎日一限二限にあり、昼休みを挟んで三限の授業をとっている留学生は少なく、留学生とボランティアの日本人学生は、ときどき一緒に昼食を誘い合っていた。連絡先を交換して、親睦を深める学生も少なくなかった。一方、ボランティアに参加している日本人学生同士が特に親しくなることはあまりなかった。彼らの目的は外国人学生との交流なのであり、無駄な付き合いは望んでいないように思われた。

また、響子のように午後の授業がある場合は、せっかくランチを共にしても、大した話もできずに急いで次の教室に向かうことになるのだった。そのことは少し残念だったが、授業の後でブライアンの姿を見かけることはなかった。

十二月の半ばを過ぎ、日本語ボランティア最終回の前の週に、留学生と日本人学生に課題が出された。三分程度でスピーチができるようにしてくることだった。最終回の日は、これまでと違って大きく二つのグループに分けられた。グループ内で、それぞれがスピーチをした後、感想を述べたり、質問したりすることになっていた。ブライアンと同じグループになったとき、よかったと思った。このまま言葉を交わさずに、何かすっきりしない気持ちで終わるのは後味が悪くなるような気がした。

留学生は全員紙に書いたものを手にしていた。日本人学生は響子をはじめ、メモを持っている人と持っていない人がいた。

スピーチは順番に進んでいった。留学生は書いてきた紙を見ながら、自分の国との違いや日本に来てから経験したことなどをすべて日本語で話していた。留学生のスピーチで示された日本への疑問について、日本人学生が謙虚に説明していたが、説明の言葉が難しく、留学生がわからなくなると、日本人学生もこの時とばかり、英語で説明した。

また、日本人学生のスピーチでも、留学生を意識してか、海外生活の経験やこれから留学することなどを話題にする人が多かった。それに対して、今度は留学生がアドバイスしたり、注意点などを教えてくれたりした。留学生がコメントや質問をするときは、頻繁にスマートフォンで調べ、日本語で言おうとしたが、結局、英語で説明することも少なくなかった。

一方、これまで海外旅行もしたことがなければ、今後も外国へ行く予定のない響子は、少し気おくれしていた。が、一人、日本人女子学生が自分のファッションについて話すのを聞き、気が楽になった。女子学生のスピーチの後は質問が絶えることなく、多くの学生が自分のファッション観やこだわりなども話して盛り上がった。

そうこうしているうちに彼女の番になった。

響子は高校の時からギターを習っていること、ギターを始めたきっかけや続けてきた経緯などを話した。簡単な言葉であっても子供じみた内容にはならないようにしたつもりだった。彼女の話に皆聴き入っているようだった。

だが、彼女のスピーチの後、他の学生は上を向いたり、腕組みしたり、手元のメモを見たり、質問を一生懸命考えているようだった。そして、しばらくの間、沈黙が続いた。

響子はこのような個人的な趣味の話をしたことを後悔し、みんなが興味をもちそうな、あるいは何か共通性のある話題にするべきだったと思い、早く次のスピーチに移ることを願いながら、いたたまれない気持ちで沈黙に耐えていた。

そのとき、ブライアンが手を挙げた。

「今まで、みなさんの前で、あなたはギターを弾いたことがありますか」

「え、あ、大きな所ではなくて、小さな場所で、友達とか、知っている人の前で弾いたことはあります。でも、私、まだ全然なってないし、あ、人に聴いてもらうにはまだまだなんです。」

「あなたのギターを、あなたの音楽を聴きたい人が、たぶん、いろいろな所にいます。その人たちに、きっと弾いてください」

「あ、はい、そうできるように、がんばります」

響子はこの場で質問してくれたブライアンに感謝した。このまま誰からもコメントがないまま、終わってしまったら、本当にみじめな気持ちになっただろう。

次のスピーチが始まり、やがてブライアンの番になった。

「今まで一番よかった旅行についてお話しします」

彼の話は次のようなことだった。

彼の国には高校に入るとき、「トランジション・イヤ」という特別な期間がある。普通の授業があまりなく、生徒は好きなアクティビティができる、例えばチャリティ、旅行、ドラマに出ることなどだ。高校一年、彼が一六歳のときに選んだアクティビティはインドに行くことだった。クラスメイトと一年中お金を集め、一月にインドのコルカタへ行き、ロレットの学校へ行って三日間過ごした。その学校は無料で、お金を持っていない人や両親がいない子供たちを教えていた。そこにいる子供たちは大変な状況なのにとても元気で、彼とたくさん遊んだ。そのあと、電車で田舎にあるとても小さくて貧しい村に行き、一ヶ月過ごした。その間に学校を建てるのを手伝った。以前は大きい樹の下で先生と子供たちは座って勉強していた。だから夏は暑くて冬はとても寒い。ブライアンたちは毎日朝早くから午後まで建築現場で働いた。その仕事はときどき大変だった。急に天気が悪くなり、強い風や雨が降ってきて壊れたり、もう一度同じことをしたりした。およそ一ヶ月後、学校が完成し、パーティがあった。彼はインドの新しい友達にさよならと言った。コルカタに戻ってアイルランドへ帰った。旅行が大好きだ。楽しい旅行をしながら他の人を手伝えたら、それは一番いいと思う。だからインドの旅行は今までで一番いい旅行だ。

グループの学生は互いに頷きながら拍手し、留学生も日本人学生も、口々に自分の考えや思ったことを言い合った。

両方のグループで最後のスピーチが終わったとき、教員が全員を集めて、留学生と日本人学生が一緒に過ごす時間をもてて本当によかった、ありがとう、と挨拶した。

響子は教室を出たブライアンを追って、背後から声をかけた。

今までよそゆきの気持ちで、意識して標準語を話していたが、今は、素に戻って心からお礼を言いたい気持ちだった。しかし、咄嗟に口をついて出てきたのは、よそゆきのイントネーションだった。

「さっきはどうもありがとうございました。」

彼は頷き、微笑んで言った。

「さよなら」

「さよなら」

響子も彼の目を見て言った。

彼は歩いて行った。

彼女は食堂へ向かって歩きながら、自分は最後に彼への敬意を表したかったのかもしれないと思った。

あとがき

学生時代にある同人誌に加わり、短編小説（のようなもの）を思いつくまま書いていました。数年後、詩を書いていた同人に「そのうちに、あなたは、昔、小説を書いていましたって言うことになる」と言われました。いずれ私は書くのをやめると予言したのです。当時は反発も感じましたが、言われるまでもなく、自分の力はわかっていたので、やがてその通りになりました。

年月が経ち、私がやめることを予知した故人の、あきらめたような憂いのまじった表情、冷厳に言い切ったその時の声が、ある日、何の脈絡もなく思い浮かびました。そして、あの言葉の後に続きがあったと妄想するようになりました。

・いくら書いても無駄、かわいそうだけど、早くやめたほうがいい

・初めのうちはいいけど、すぐに書けなくなるにちがいない
・じきに関心がなくなり、見向きもしなくなるだろう
・みんなやめていく、あなたもそのひとり、やめるのを止める権利はない
・結婚したらどうでもよくなって忘れてしまう
………
次から次へと妄想がふくらみます。
結果として、四番目の案を選び、さらに付け加えました。

みんなやめていく、あなたもそのひとり、やめるのを止める権利はない、ただ、一縷の望みはかすかにつないでおく……。

往時のよき理解者に促され、虫のいい妄想に従い、自然と詩（のようなもの）を書き始めました。書き始めると、かつて自分が書いていたのは詩のような短編小説だったと思えてきました。また、都合よく妄想を結び付けてしまいました。
今、手元に残っている同人誌を読み返すと、同人のひとりひとりのことをかなり鮮明に思い出します。いつものことながら不十分な作品であっても、そのとき気付けなかっ

た手法、意図、様々な感情にうたれ、かけがえのない出逢いであり、あの時間が詩そのものだったと思います。

有名無名にかかわらず、詩や小説に巡り合い、未知の一息を吸うこと、それは、出版しなければ実現しにくく、たとえ確率は限りなく低くても、この世の、未来の誰かとの出逢いになるかもしれないと考え、出版に至りました。

出版に際して、砂子屋書房の田村雅之氏、髙橋典子氏に大変お世話になり、心より感謝申し上げます。また、倉本修氏には美しい装幀を施していただき、心からお礼を申し上げげます。そして、すてきな挿画を描いてくださったＪＩＮＳＹ様、はあどわあく、長野印刷商工株式会社、渋谷文泉閣の皆様、拙作の出版に携わってくださいまして、本当にどうもありがとうございました。

野木ともみ

二〇二一年六月

詩集　図工室のリリアン

二〇二一年八月二日初版発行

著　者　野木ともみ
発行者　田村雅之
発行所　砂子屋書房
東京都千代田区内神田三―四―七（〒一〇一―〇〇四七）
電話　〇三―三二五六―四七〇八　振替　〇〇一三〇―二―九七六三一
URL　http://www.sunagoya.com

組　版　はあどわあく
印　刷　長野印刷商工株式会社
製　本　渋谷文泉閣